KB210006

6교시에 너를 기다려

차례

커튼
뒤편에서

커튼이 부풀 때 우리 학교 아이들은 소리를 질러. 창문 사이로 바람이 불어오면 커다란 커튼이 나풀거리지. 적당한 바람을 만나면 열기구처럼 부풀기도 해. 눈부신 햇살과 커튼 그림자가 만나 멋진 물결무늬를 만들 때도 있어. 그러면 아이들은 기분이 좋아져.

그래서 우리 학교 아이들은 항상 창문을 열어 둬. 비가 오거나, 날이 너무 추울 때를 빼곤 말이야. 혹시 감기 걸린 아이가 있다거나, 먼지가 많은 날에도 창문을 닫아야 해. 그런 날이면 채린이는 속상했어. 지루한 수업 시간, 바람을 맞고 부푸는 커튼을 보는 일은 큰 즐거움이었으니까. 채린이에게 커튼은 꼭 날개 같았어.

채린이는 커튼을 보며 상상을 하곤 했어. 학교에는 모두 열 개의 교실이 있고, 교실마다 커튼이 네 장이니까, 마흔 장의 날개를

달고서 학교가 날아올라. 그러면 수업을 듣는 대신 전 세계를 여행하겠지. 재밌는 일이 많을 거야.

이런저런 상상을 하다 보면 선생님께 들키곤 했어. 바로 오늘처럼.

"이채린, 교과서를 봐야죠."

"선생님, 현장학습 일찍 가면 안 돼요?"

"일주일만 기다려요."

채린이네 반은 다음 주에 뒷산으로 현장학습을 가. 채린이는 진작부터 신이 나 있었지. 그래서 수업에 집중이 더 안됐나 봐.

채린이는 커튼만큼 곤충을 좋아해. 특히 여러 장의 날개를 가진 곤충들을 말이야.

여러 장의 날개를 가진 곤충들은 멋지게 비행해. 재빠르게 날았고, 제멋대로 움직였어. 공중에 잠시 멈춰 있을 수도 있었고, 상하좌우, 심지어 후진 비행까지 하며 원하는 데로 날아갈 수도 있었지.

쉬는 시간만 되면 채린이는 책을 펼쳐. 잠자리 유충의 모습이나, 장수풍뎅이가 사는 나무토막, 곤충들이 좋아하는 먹거리 같은 걸 찾아보는 거야. 어제는 곤충 사진이 가득한 책을 또 샀다니까. 현장학습을 대비해서 말이야.

일주일을 어떻게 기다린담. 오늘따라 수업 시간은 더디 가고 더

욱 지루했지. 채린이는 열심히 교과서를 보는 척하며 책장 한구석에 현장학습에서 만나고 싶은 곤충을 그렸어.

날개가 열 장이나 달린 특이한 잠자리면 좋겠는걸. 채린이는 새로운 잠자리를 발견해 유명한 곤충학자가 되는 상상을 하며, 집게손가락만 한 잠자리 몸통을 그렸어. 그리고 날렵한 날개 열 장을 그렸지. 채린이는 낙서가 마음에 들었어. 낙서 잠자리가 막 날갯짓을 할 것처럼 생생해 보였거든.

휘익, 또 바람이 불어왔어. 커튼이 부풀었지. "와아~" 아이들이 기분 좋은 소리를 냈어. 그때만큼은 선생님도 살며시 웃으며 커튼을 바라보았지.

채린이는 바람을 타고 낙서 잠자리가 하늘 위로 날아올랐으면 했어. 낙서 잠자리처럼 열 장의 날개가 제 몸에서 돋아나는 상상도 했지. 열 장의 날개가 돋아나면 어떤 비행을 할까? 공중에서 잠시 멈추는 건 물론, 휘리릭 공중제비를 돌 수도 있을 거야. 순식간에 뒷산까지 날아갈 수도 있겠지.

즐거운 상상을 하는 사이 수업이 끝났어. 채린이는 낙서 잠자리를 아이들에게 자랑해 보였지.

"어때?"

"음, 잠자리 같긴 한데 조금 심심해."

"맞아. 교과서에 그려져 있으니까 책상 위에서 팔랑거리기만

하잖아. 잠자리는 날아올라야지."

채린이는 고민하기 시작했어. 자기가 봐도, 교과서 한 페이지에 그려진 잠자리는 심심해 보였으니까.

채린이는 주변을 둘러보았어. 잠자리에 어울리는 멋진 곳이 없을까. 그러다 실내화에 눈길이 멎었어.

"여기가 딱인데!"

채린이는 실내화를 벗어 책상 위에 놓았어.

"실내화에 낙서하면 엄마한테 혼날걸?"

옆자리 아이가 말했어.

"괜찮아, 멋지게 그리면 되니까."

채린이는 실내화에 잠자리를 그리기 시작했어. 채린이가 달릴 때마다, 잠자리는 날아오를 거야. 이보다 멋진 곳은 없었지.

이번에는 엄지손가락처럼 통통한 몸통을 그렸어. 그리고 가로로 길게 뻗은 날개를 죽죽 그어 갔어.

채린이는 실내화를 신고 폴짝폴짝 뛰어올라 봤어.

창가 자리에 앉아 있던 아이가 말했어.

"잠자리치곤 너무 낮게 날지 않아?"

채린이는 아이들을 둘러보았어. 아이들도 더 높이 날아올랐으면 하는 표정이야.

그때, 바람이 휘이익 불어왔어. 아이들의 "오오!" 하는 탄성과 함께 커튼이 휘날렸지.

채린이는 손가락을 튕겼어. 그리고 자기에게 있는 그림 도구를 모두 챙겨서 커튼 앞으로 달려갔어.

아이들은 그 모습을 보더니, 곧장 채린이 옆에 달라붙었어. 연필이나 펜 같은 걸 하나씩 쥐고 말이야.

채린이가 커튼에 막 잠자리를 그리려는데, 멀찌감치 떨어져 있던 한 아이가 소리쳤어.

"잠깐! 커튼에 낙서하면 선생님께 혼날 거야."

그 말에 아이들이 일제히 손을 멈췄어.

채린이가 말했어.

"그냥 한번 혼나고 말까?"

옆자리 아이가 말했어.

"난 혼나는 거 싫은데."

창가 자리 아이가 말했어.

"어쩌면 낙서 가득한 커튼이 보기 싫다며 떼 버릴지도 몰라."

채린이는 펜을 놓았어. 커튼을 잃고 싶진 않았거든.

그때, 다시 한번 바람이 불어왔지. 창가로 모인 아이들 머리 위로 커튼이 날아올랐어. 아이들 눈에 커튼의 뒷면이 보였지.

모두 함께 소리쳤어.

"저기다!"

정말 좋은 생각이었어. 커튼 뒤에 낙서하면 들키지 않을 거야. 바람이 정말 강하게 불어 커튼이 뒤집히지만 않으면 말이야.

아이들은 신나게 낙서했어. 잠자리마다 몸통 크기도 날개 개수도 제멋대로였어. 낙서에 규칙 같은 건 없으니까.

다음 날, 채린이와 아이들은 잠자리에 대해 까맣게 잊어버렸어. 낙서란 게 원래 그런 거니까. 그릴 때 재밌으면 되었지, 어디에 어떤 걸 그렸는지 계속 생각하진 않잖아?

수업이 시작됐어. 얼마 지나지 않아 이상한 소리가 들려왔어.

파르륵 파르륵.

처음에는 창가 자리 아이들만 그 소리를 들을 수 있었어. 그런데 소리가 점점 커지더니 어느새 교실 안 모두가 들을 수 있었지.

파르륵 파르륵.

"선생님, 커튼에서 자꾸 소리가 나요."

"그러게. 이게 무슨 소리죠?"

소리는 더욱 커졌어. 소리가 커지는 만큼 커튼이 크게 부풀어 오르더니 이윽고 휙 뒤집혔어. 바람 한 점 없는데 말이야.

선생님은 재빨리 책상 아래로 숨었어. 그러곤 소리쳤지.

"으악, 귀신이다!"

귀신은 아니었어. 뒤집힌 커튼 속에서 잠자리 수십 마리가 날고 있었지. 파르륵 파르륵 소리는 날갯짓 소리였던 거야. 하늘을 가득 메운 새 떼처럼, 낙서 잠자리들이 날개를 파르륵거리자 하얀 커튼이 새까맣게 보일 정도였어.

잠자리들은 커튼 끝에서 끝으로 날았어. 꼭 채집통 속에 갇혀 있는 것 같았지. 커튼을 빠져나가고 싶어 발버둥 치는 것일까?

아이들은 입을 벌리고 커튼을 바라봤어. 선생님은 책상 아래에서 머리만 빼꼼 내밀고 소리쳤어.

"모두 커튼에서 물러나요! 교실 밖으로 나가요!"

교실 밖으로 나간 건 커튼이었어. 바람이 불어올 때와는 반대로, 창밖으로, 하늘로 말이야.

그런데 하늘로 날아오르려는 커튼 끝에 한 아이가 매달려 있었어. 채린이였지.

채린이는 커튼을 잃고 싶지 않았어. 커튼은 채린이에게 날개 같은 것이었으니까. 부푸는 커튼을 볼 때면 꼭 하늘을 나는 것처럼 시원해졌으니까. 커튼을 거슬러 불어오는 바람도, 부드럽게 흩어지는 햇살도 좋았지만 제멋대로 움직이는 커튼 아래에선 즐거운 상상이 마구 떠올랐으니까.

커튼 끝을 잡고 창가에 겨우 발을 걸치고 있던 채린이는 고개를 옆으로 돌렸어. 옆에서 또 다른 커튼이 날아오르는 게 보였어. 옆으로 늘어선 교실의 창가마다 커튼이 날아오르고 있는 거야. 정말로 수십 장의 날개 같았지.

낙서 잠자리들은 힘차게 날갯짓을 했어. 채린이의 몸은 점점 떠올랐지. 이제 채린이 혼자서는 커튼을 붙잡을 수 없었어.

"날아간다!"

채린이가 소리쳤어. 이러다가 정말 하늘로 날아오를지도 몰라. 하지만 채린이는 커튼만큼 곤충만큼 상상하는 걸 좋아하잖아. 수십 마리의 낙서 잠자리와 줄다리기를 하면서도 채린이는 상상했어. 하늘로 날아오른다면 가장 먼저 어디로 가는 게 좋을까? 날아다니는 것들은 하늘에서 뭘 하며 놀까?

"채린이가 날아가겠어!"

"다리를 잡아!"

창가 자리 아이는 이미 채린이의 다리를 붙잡고 있었어. 하나둘 아이들이 모이더니 길게 줄을 만들었어. 아이들이 모두 매달리자 커튼이 다시 내려오기 시작했어.

낙서 잠자리들은 낙서 잠자리들대로 날갯짓을 멈출 생각이 없었어. 하늘을 향해 머리를 틀고 힘차게 날갯짓을 했지. 꼬리에 꼬리를 문 아이들은 잠자리 날갯짓 소리에 맞춰 이리저리 흔들렸어. 책상 줄이 망가지고, 사물함이 넘어지고, 아이들은 소리 질렀어. 무서워하는 건지, 즐거워하는 건지 헷갈리는 소리였지.

채린이는 교실을 둘러보았어. 교실은 어디가 누구 자리인지 알아볼 수 없을 만큼 엉망이 되어 있었어. 모두 함께 날아가 버리

면 교실은 텅텅 비어 버릴 거야. 하늘과 교실 중 우리에게 어울리는 자리는 어디일까? 둘 다 어울리겠지만, 한 가지 분명한 건 다음 주에 뒷산 현장학습에 가야 하고 반 친구들 모두와 함께 그곳에 가고 싶다는 거야.

휘오오오!

그때, 바람이 불었어. 아이들과 낙서 잠자리와 커튼을 모두 날려 버릴 만큼 강렬하고도 산뜻한 바람이었지.

파르르르륵. 쿵!

채린이는 그만 커튼을 놓쳐 버렸어. 그와 함께 아이들도 모두 나자빠졌지. 낙서 잠자리들도 커튼 밖으로 튕겨 날아갔어. 하늘을 향해 제멋대로 흩어졌지. 그 모습이 꼭 하늘에 대고 낙서를 한 것 같았다니까.

아이들은 낙서 잠자리를 눈으로 좇았어. 모두 비슷비슷해 보였지만 자기가 그린 낙서 잠자리는 알아볼 수 있었지. 그 한 마리가 점이 되어 멀리 사라질 때까지 눈을 떼지 않았어.

채린이와 아이들은 커튼을 지켜 냈어. 선생님은 다시는 커튼에다 잠자리 낙서를 하지 말라고 했지. 우리 학교 규칙으로까지 만들었다니까.

잠자리 낙서를 꼭 하고 싶으면 날아가도 상관없는 것에다 하기, 라고 말이야.

채린이는 생각했어. 날아가도 상관없는 게 있을까? 가끔 수업 시간이 참을 수 없이 지루하다거나, 어디론가 훌쩍 떠나고 싶다거나 할 때, 채린이는 낙서 잠자리처럼 하늘로 날아가고 싶긴 했어. '그럼 난가?' 싶었지.

그런 생각을 하는 건 채린이만이 아니었어. 다른 아이들도 한 번쯤은, 낙서 잠자리들과 함께 하늘로 훌쩍 날아갔으면 어땠을까 상상하곤 했지.

교문
사이에서

우리 학교에 나무 한 그루가 있었어. 어느 학교에나 나무가 있지만, 이 나무가 조금 특별한 점은 교문 한가운데에 서 있다는 거야.

누구도 나무 이름이 무엇인지, 언제 심어졌는지는 몰라. 딱히 궁금해하는 사람도 없었어. 매일같이 나무를 지나쳤는데도 말이야.

나무는 작았어. 잎도 거의 없고 나뭇가지도 두 개뿐이었어. 꼭 손잡이가 달린 지팡이 같았지. 누군가 지팡이를 교문 가운데 꽂아 둔 것만 같았어.

오늘은 새 학년 첫날이야. 모두 조심조심 나무를 피해 학교로 들어갔어. 툭 건드리기만 해도 나무가 넘어질 것 같았거든. 장난을 치며 등교하는 아이들도, 피곤함에 기지개를 켜며 출근하는

선생님들도, 반쯤 눈을 감고 빗자루질을 하는 보안관 할아버지도, 앉을 만한 나뭇가지일까 살피던 새들까지도 조심했어.

지후는 학교가 보이기도 전부터 신발을 질질 끌며 걸었어. 새 학년이 되어 새로운 반에서 새 친구를 사귀어야 했어. 지후는 학년이 올라갈 때마다 반이 바뀌는 게 싫었어. 그래서 괜히 시간을 끌고 있었던 거야.

막 교문을 지나는데 한가운데 서 있는 작은 나무가 보였어. 지후는 나무를 가만히 쳐다보았지. 왠지 친근해. 학교에서 가장 작은 지후처럼 학교에 있는 나무 중 가장 작았으니까.

지후는 새로운 교실로 들어갔어. 지후 옆자리에는 낯익은 친구가 앉아 있었어. 다른 반이었지만 몇 번 봉사 활동을 하면서 쓰레기를 함께 줍기도 했어. 활동이 끝나고 분식집도 한 번 같이 갔었고.

지후는 고민했어. 반갑게 아는 척을 할까? 그런데 날 몰라보면 어쩌지?

"안녕, 너는 처음 보네. 몇 반이었어?"

우물쭈물하는 사이 친구가 먼저 인사를 했어. 친구는 지후를 기억하지 못했어. 지후 얼굴이 새빨갛게 물들었어. 그러자 친구가 당황했어.

"어…… 난 그냥 인사한 건데. 내가 말을 잘못했나."

지후는 뭐라고 대답해야 할지 몰랐어. 옆자리 친구는 지후를 살피다 몸을 돌렸어. 그리고 뒷자리 아이들의 대화에 끼어들었지. 서로를 잘 아는 눈치였어. 지후도 몸을 돌려 앞을 보았어. 초록색 칠판이 보였어. 멍하니 칠판만 보았어.

점심시간에는 한 아이가 축구를 하자며 아이들을 불러 모았어. 지후와 같은 팀이 되어 축구를 했던 아이였어. 하지만 지후는 같이 하자고 말하지 못했어. 지후는 수비수였고, 그 아이는 공을 아주 잘 차는 공격수였거든. 지후를 못 알아볼 수도 있으니까.

쉬는 시간에는 화장실을 가다가 지후 마음에 드는 꽃무늬 연필을 쓰는 아이를 발견하기도 했어. 하지만 지후는 말을 걸어 볼 생각도 못 했어. 괜히 연필에 관해 물어봤다가 자길 따라 하려 한다며 기분 나빠할지도 모르잖아?

다들 첫날부터 새 친구를 사귀었어. 학교가 끝나자 끼리끼리 무리 지어 교실을 나섰지. 지후는 아이들이 다 빠져나간 뒤 느지막이 교실을 나섰어.

교문을 지나는데 작은 나무가 보였어. 혼자 외롭게 서 있는 작은 나무를 보자 더 속이 상했어. 꼭 자기 모습 같았거든. 지후는 다음 날도 교문을 지나야 한다는 사실이 정말 싫었어.

지후는 작은 나무 앞에서 소리쳤어.

"콱 교문이 막혀 버렸으면 좋겠어!"

크게 소리를 치니 속이 후련했어. 그러면서도 누가 들었을까 덜컥 걱정이 되어, 머리카락이 날리도록 집으로 뛰어갔어.

다음 날 지후가 학교에 거의 다다랐을 때 깜짝 놀랄 일이 벌어졌어. 모퉁이를 돌면 분명 학교가 보여야 하는데 보이지 않았어. 대신 정말정말 커다란 나무가 서 있었어.

얼마나 커다란지 나무는 교문을 완전히 막고 있었어. 아이들 열 명이 지나도 비좁지 않을 만큼 넓은 교문이었는데, 나무 몸통으로 꽉 막혀 버린 거야. 키는 또 얼마나 큰지 학교 건물보다 높이, 구름 위로 솟아올라 있었어. 그 끝이 어디까지 뻗었는지는 보이지도 않았어.

아이들과 선생님들은 교문 앞에 서서 발을 동동 구르고 있었어. 교문은 아이 어른 할 것 없이 와글와글했지. 지후는 정말로 많은 사람들이 학교에 다니고 있다는 사실을 알게 되었어.

맨 앞에 서 있던 교장 선생님이 물었어.

"교문을 다 막을 만큼 큰 나무라니요! 우리 학교에 이렇게나 큰 나무가 있었던가요?"

보안관 할아버지가 나무를 올려다보며 대답했어.

"처음 보는데요. 있었다면 그동안 아무도 학교를 다니지 못했을 거예요."

지후는 심장이 쿵쿵 뛰었어. 어제 지후가 한 말 때문에, 모두가 학교에 들어가지 못하게 된 것 같아.

선생님들은 아이들을 챙기느라 바빴어. 커다란 나무가 무서운 아이, 나무 둘레를 팔로 재 보려는 아이, 오늘 수업하지 않아도 되나 싶어 신이 난 아이, 참 정신없었지.

교장 선생님이 또 소리쳤어.

"학교에 들어가야 하는데, 혹시 이 나무에 대해 아는 사람 있나요?"

수많은 학교 사람들이 교장 선생님을 주목했어.

"그냥 오늘 쉬면 안 돼요?"

"맞아요. 어차피 교문이 막혀 학교를 못 들어가잖아요."

아이들은 신이 나서 재잘댔어.

"안 돼요. 무슨 일이 있더라도 학교는 꼭 가야 해요."

선생님들은 하나같이 근엄한 표정을 지었어.

아이들과 선생님들은 교문 앞에 앉아 이 문제를 풀어 줄 사람을 찾았어. 많은 사람들이 찾아왔어. 삼거리 앞 식물원 직원, 시청에서 나온 공무원, 큰 나무 전문 교수님, 산책 나온 하얀 도복을 입은 할아버지까지. 하지만 아무도 이 나무가 어떤 나무인지, 왜 하루아침에 구름을 뚫고 솟아 교문을 막고 있는지 알 수 없었지.

왁자지껄 떠들던 아이들은 하나둘 지쳐 갔어. 학교에 가고 싶든 가기 싫든, 가야 하든 가지 않아도 되든, 교문 밖에서 기다리고만 있는 건 지루했거든.

선생님들도 딱히 수가 없었어. 무슨 일이든 도와주던 선생님들이었지만 이런 일은 처음이니까.

"이참에 학교를 식물원으로 바꾸는 건 어때요? 세상에서 가장 큰 나무가 있는 식물원이라니, 정말 인기가 많을 거예요."

식물원 직원은 큰 나무가 먹을 것이라도 되는 양 입맛을 다셨어.

"절대 안 돼요!"

아이들이 한마음이 돼서 소리쳤지. 학교 가기 싫어했던 아이들까지도 말이야. 아무리 싫어도 학교를 뺏기고 싶진 않았으니까.

"그럼 나라의 자연유산으로 지정하는 건 어떻습니까? 어쩌면 신묘한 힘이 담긴 나무일지도 몰라요. 울타리를 치고 나무를 보호합시다."

시청에서 나온 공무원은 보물을 바라보듯 눈을 빛냈어.

"그것도 안 돼요!"

선생님들까지 한마음이 돼서 공무원을 노려봤어. 무슨 일이 있더라도 학교는 학교에 다니는 우리의 것이니까.

"그럼 여기에 연구실을 차리는 건 어떻습니까? 어쩌면 외계에서 온 씨앗일지도 모르지요."

교수는 나무 몸통을 둘러보며 안경을 치켜올렸어.

"안 된다니까요!"

어느새 학교 사람들은 큰 나무에 찰싹 달라붙어 나무를 보호했지. 연구실에서 나무를 해부하거나 이상한 약을 주사할지도 모르잖아.

"내 생각에는 말이야……."

하얀 도복을 휘날리며 할아버지가 말을 꺼냈어. 그런데 말을 꺼내다 말고는 입술을 오므렸어. 이마를 찡그리는 모양새가 고민하고 또 고민하는 눈치였지.

할아버지의 말을 기다리다 답답해진 사람들은 나무를 두고 다투기 시작했어. 서로 나무를 가지겠다고 나서는 어른들과 그 어른들을 막는 학교 사람들로 교문 앞은 어지러웠지.

지후는 안 되겠다 싶었어. 이러다가는 자기 때문에 모두가 학교를 잃고 말 테니까. 지후는 한 발짝 한 발짝, 남몰래 교문 쪽으로 다가갔어. 그러고는 나무에 손을 올리고 나무만 들을 수 있게 속삭였지.

"어제 한 말은 취소할게. 다시 작아지면 안 될까?"

부르르. 나무가 떨렸어. 어른들이 웅성거리며 뒷걸음쳤지. 아이들은 감탄하며 나무를 올려다봤어.

대체 무슨 일이 벌어지려는 걸까?

커다랗고 넓적한 나뭇잎이 이리저리 흔들리자 그늘이 졌다, 볕이 들었다 했어. 하지만 그뿐, 나무는 그대로였어. 실망한 아이들은 하나둘 땅바닥에 다시 주저앉았지.

아이들을 보며 지후는 생각했어. 어떻게 하면 나무가 다시 소원을 들어줄까? 그래, 좀 전에 소원을 빌 때는 온전히 진심은 아니었어. 거짓 소원은 안 통하는 거지.

지후는 침을 꼴깍 삼키고, 아까보다 조금 더 큰 소리로 말했어.

"정말로, 우린, 학교에 가야 해."

부르르르. 이번에는 땅이 흔들리는 것 같았어. 사라락, 저 하늘 위에서 나뭇잎 하나가 떨어졌어. 아이들 열 명을 덮을 만큼 큰 나뭇잎이었어. 어른들이 으악 소리를 질렀어. 아이들은 키득키득 웃었지. 살랑살랑 떨어진 나뭇잎이 생각보다 부드러웠으니까.

초조해진 지후가 눈을 감고 목소리를 더욱 키웠어.

"학교에, 가야 한다니까!"

"지후야, 거기서 뭐 해?"

옆자리 친구의 목소리였어. 지후는 감았던 눈을 떴어.

"나무에 대고 뭐라고 말한 거야?"

옆자리 아이는 수많은 사람들 틈에 섞여 있었지. 대답하려면 크게 소리쳐야 했어.

"아, 그게…… 내, 내가 빈 소원 취소라고. 하, 학교에 가고 싶다고."

아이들이 물었어.

"도대체 왜 학교에 가고 싶은 건데?"

지후는 손발이 덜덜 떨렸어. 수백 개의 눈이 지후를 바라보고 있었으니까.

지후는 조금은 억울해졌어. 학교라는 게 어느 날은 가고 싶다가도, 어느 날은 가기 싫기도 하잖아. 그런데 이 모든 게 교문이 막혔으면 좋겠다고 소원을 빈 자기 때문이라니.

"왜냐면……."

모두 숨을 죽이고 지후의 대답을 기다렸어.

지후는 고개를 번쩍 들었어. 구름 위에 있을 나무 꼭대기를 향해 온 힘을 다해 소리쳤어.

"어제는 학교 가는 게 정말 싫었지만, 오늘은 아니야! 공격수도 한번 해 봐야 하고, 꽃무늬 연필을 어디서 샀는지 물어야 하니까. 그리고 옆자리 친구한테 왜 나를 기억 못 하냐고, 앞으로 절대 잊지 말라고 말해야 한단 말이야!"

지후가 그렇게 크게 소리치는 건 처음 있는 일이었지. 모두가 지후 이야기를 똑똑히 들었어.

"정말 소원 취소야? 안 돼. 난 반대야. 오늘은 학교 가기 싫어. 새로 산 자전거를 하루 종일 타고 싶어. 그런데 너…… 기억났어! 우리 쓰레기도 같이 줍고, 분식집도 같이 갔었잖아?"

옆자리 친구가 말했어.

"난 찬성. 매일 아침 학교 가기 싫다고 빌었지만, 학교에서 하는 축구가 제일 재밌어. 지후가 공격하면 난 골키퍼 해 볼래."

"나도 찬성. 꽃무늬 연필 사물함에 두고 왔어. 지후라고? 반가워. 같은 반은 처음인 것 같네."

다른 아이들도 술렁이기 시작했어. 그중에는 친구들의 이야기를 듣고는 학교에 가고 싶다가 가기 싫어진 아이, 학교 가기 싫다가 가고 싶어진 아이도 있었지.

한참을 찬성이다, 반대다 옥신각신했어. 하지만 결국 학교에 가야 한다고 의견을 모았지. 교문 밖에 있으니 지루하고, 학교를 안 가면 친구를 만날 곳도 낮을 보낼 곳도 없으니까. 그것 말고도 하나쯤은 학교에 가야 할 이유가 있었으니까.

아이들이 떠드는 목소리에 맞춰서 나무는 살랑살랑 나뭇가지를 흔들었고, 몸통을 부르르, 부르르 떨었어. 나무에 손을 올리고 있던 지후는 알 수 있었지. 지후는 눈을 반짝이며 모두의 앞에 서서 양손을 번쩍 들었어. 그리고 소리쳤지.

"내 얘길 들어 봐!"

키는 작았지만 모두 지후를 볼 수 있었어. 지후는 문제를 해결할 방법을 큰 소리로 말했어. 아이들이 모두 고개를 끄덕였지.

지후는 나무를 향해 몸을 빙글 돌렸어. 그러고 손을 번쩍 들어

손가락 세 개를 펼쳤어. 하나, 둘, 셋 구령에 맞춰 아이들이 다 함께 한목소리로 외쳤어.

"학교 가게 해 줘!"

교실에 갔다 올 삼십 분만.

축구를 할 수 있는 점심시간까지만.

오늘 하루만.

그런 속삭임이 따라붙긴 했지만.

나무 몸통이 천천히 흔들리기 시작했어. 몸통이 흔들리자 거대한 나뭇가지도 흔들렸어. 다음엔 거대한 나뭇잎들이 흔들렸어. 나뭇잎들은 구름 아래로 내려오는 한 무리의 새 떼나, 물살을 가르는 물고기 떼 같았어. 그건 바람에 흔들리는 게 아니었어. 나무가 모두의 목소리를 듣기 위해 귀를 기울이는 것 같았어. 아이들에겐 좀 전의 외침이 거대한 함성이었겠지만, 거대한 나무에게는 작은 속삭임이었을 테니까. 한 박자 늦은 마지막 아이의 고함이 흩어지는 그 순간, 거대한 나무는 다시 지팡이처럼 작아졌어.

"와! 마법의 나무다!"

아이들도 선생님들도 나무를 보러 왔던 어른들도 입을 쩍 벌리고 몰려들었어.

하루 만에 하늘에 닿을 듯 커졌다가 말 한마디에 지팡이처럼 작아졌으니, 모두 소원을 들어주는 마법의 나무라고 생각한 거야. 저마다 빌고 싶은 소원은 많고 또 많았지.

"눈이 왔으면 좋겠어!"

"초록 머리가 되게 해 줘!"

선생님들은 아이들을 정돈시키며 작게 소원을 빌었지.

"다시 거대한 나무가 되어 줘!"

"우리 학교 아이들 이름을 모두 외우게 해 줘!"

나무를 보러 왔던 어른들도 나무를 향해 손을 뻗었어. 나무를 쥐고 소원을 빌려고 말이야.

그런데 아무 일도 일어나지 않았어.

"설마 했는데, 평범한 나무였잖아."

사람들은 하나둘 교문을 떠나갔어. 식물원 직원도, 시청 공무원도, 교수도. 모두 해야 할 일이 있었거든. 식물원을 관리해야 하고, 시청에서 일을 봐야 하고, 연구실에서 연구를 해야 했어.

학교 사람들도 학교로 향했지. 이제 교문이 열렸으니, 학교로 들어가야 하지 않겠어?

마지막으로 남은 사람은 지후였어. 지후는 조심스럽게 나무에 손을 얹고 말했어.

"새 친구를 잘 사귀고 싶어."

아주 작게 속삭이고 지후는 교실을 향해 달려갔어. 지각이었으니까. 뭐 모두가 지각했으니 야단맞을 일은 없겠지만.

그런데 말이야, 진짜 마지막으로 남은 사람은 따로 있었어. 하얀 도복 할아버지 말이야.

"암만 봐도 내가 잃어버린 지팡이 같은데."

할아버지는 오래전에 지팡이를 잃어버렸어. 학교 근처를 지나다가 잠시 쉬어 가려고 지팡이를 땅에 꽂아 두었지. 숨을 돌린 뒤 다시 길을 갈 땐 지팡이를 깜빡했던 거야.

"손에 착 감기는 걸 보니, 내 지팡이가 맞았어."

작은 나무를 뽑아 들고 할아버지는 만족스럽게 웃었어. 할아버지는 하얀 도복을 휘날리며 길을 떠났어. 저 멀리 보이는 산을 향해, 지팡이를 또박또박 짚으며.

그렇게 모두 각자의 자리로 돌아갔어. 여느 날과 다름없는 하루를 보내며 아침에 있었던 일을 떠올렸지. 누군가는 교문 앞에서 있었던 일이 모두 꿈이라고 생각했어. 보고도 믿을 수 없는 마법 같은 일이었으니까.

또 누군가는 교문 앞에서 있었던 일이 진짜라고 생각했어. 나중에 아주 나중에 자기가 빈 소원을 마법의 나무가 이뤄 줄지도 모른다고 믿었어.

어쨌거나 아이들은 그날부터 교문을 지나며 소원을 빌기 시작했어. 교문을 지나면서 소원을 빌면 그 소원이 이뤄진다는 소문이 퍼졌으니까. 뭐 틀린 말이 아닐지도 모르지.

아이들은 시험이 있는 날이면, '오늘 시험 백 점 맞게 해 주세요.'라고, 지각한 날에는 '선생님도 지각하게 해 주세요.'라고 소원을 빌었어. '채린이가 제 고백을 받아주게 해 주세요.' '나중에 커서 꼭 우주 비행사가 되게 해 주세요.' 이런 소원도 있었어. 우리 학교 교문을 지나며 소원을 빌어 보지 않은 아이는 단 한 명도 없을걸?

당분간 지후는 소원을 빌 틈이 없을 거야. 교문을 쏜살같이 지나 교실로 달려가야 했으니까. 해야 할 일이 정말 많았으니까. 새로운 친구들을 알아 가느라 바빴던 거야.

그런데 정말 그 지팡이가 마법의 지팡이였냐고? 지팡이는 어떻게 되었냐고? 모르지. 그저 할아버지가 지팡이를 또 잃어버리지 않길 바랄 뿐이야.

복도
아래에서

혜지는 복도에 엎드려 있었어. 아이들이 뛰어다니는 복도 한가
운데서 거북이처럼 엎드려 있는 거야.

처음에 아이들은 혜지를 신경 쓰지 않았어. 쉬는 시간 동안 복
도에서 해야 할 일이 아주 많았으니까. 선생님들도 아무 말 하지
않았지. 복도에서 뛰어다니고 말썽 피우는 아이들에게 주의 주
기 바빴으니까.

다른 반 친구를 만나러 가는 아이는 머리칼을 휘날리며 달렸
어. 교실이 답답한 아이는 복도에서 팔을 쩍 벌리고 바람개비처
럼 빙글빙글 돌았어. 자기 신발이 잘 있나 걱정돼서 신발장을 확
인하러 나온 아이도 있었지. 춤을 추거나 달리기 시합을 하는 아
이들도 있었어.

시끄러운 아이들 속에서 혜지는 가만히 엎드려 있었어. 며칠째

그러고 있으니, 이젠 거북이가 아니라 돌 같았지. 정말 조금도 움직이지 않았다니까.

한 아이가 앞만 보고 달리다 그만 혜지에게 걸려 넘어지고 말았어.

"혜지야, 너 뭐 하는 거야?"

넘어진 아이가 무릎을 탈탈 털며 일어났어.

혜지는 복도 아래를 가리키며 속삭였어.

"너도 들어 봐."

"뭘?"

혜지가 손짓했어. 자기처럼 엎드려 보라는 거야. 넘어진 아이를 시작으로 아이들이 하나둘 혜지를 따라 복도에 엎드리기 시작했어. 그동안 혜지는 가만히 엎드려만 있었던 게 아니었어. 복도에 귀를 대고 듣고 있었던 거지.

"들리지?"

아이들은 귀를 열고 입을 오므렸어. 어떤 소리가 들리나 집중하려고.

순식간에 복도가 조용해졌어. 그러자, 그동안 들리지 않았던 소리가 들려오기 시작했어.

우우웅 땅이 울리는 소리, 쿵쿵 교무실을 오가는 선생님 걸음 소리, 그르륵 누군가 의자를 끄는 소리, 그러다 새액새액 자기 숨

소리까지.

그때, 쿠르릉 이상한 소리가 복도 아래에서 울렸지. 귀를 기울이던 아이들 모두가 알아챘어. 아주 조용하지 않으면 듣기 힘든 소리였어.

한 아이가 말했어.

"지진인가?"

혜지가 말했어.

"지진은 아니야. 매일 우리 학교 복도에서만 지진 소리가 나는 건 이상하잖아."

혜지는 소리에 예민했어. 골목길을 걷다 빵빵 울리는 오토바이 경적 소리를 들으면 다리가 풀려 주저앉았어. 사거리를 지나다 가게에서 커다란 노랫소리가 나오면 가슴이 덜컥 내려앉았어. 옆자리 아이가 달달달 다리를 떨며 내는 소리, 선생님이 끼리릭 칠판에 글을 적는 소리가 신경 쓰여서 수업에 집중이 안될 때도 있었어.

그런 소음들은 끈질기게 혜지 귓속을 파고들었지. 큰 소리는 머리를 울리며, 날카로운 소리는 귓속을 헤집으며 말이야. 귀를 틀어막는다고 피할 수 있는 건 아니었어. 귀를 막고 있으면 어른들이 버릇없다며 혼을 내기도 했고. 참고 또 참다 보면 머리가 지끈거렸지.

혜지는 아무것도 할 수 없었어. 소리가 멎길 기다리며 몸을 웅크리고 눈을 감을 뿐이었어. 그러다 한 가지 방법을 찾았어. 피할 수 없다면 자신에게 알맞은 소리를 찾아내는 거야.

수업 시간엔 바람이 솔솔 불어오는 소리를 찾았지. 창가 자리에 앉으면 수업에 집중이 잘됐어. 쓰윽, 쓰윽 아이들이 천천히 글을 적는 소리도 괜찮아. 끼리릭 칠판을 빠르게 긁으며 선생님이 글 쓰는 소리보다 아이들의 소리는 작고 느렸어. 그 소리에 맞춰 글자를 써 나가는 거야. 알맞은 소리를 듣고 있으면 불안한 마음이 가라앉곤 했지.

문제는 쉬는 시간이었어. 쉬는 시간만큼은 알맞은 소리를 찾기 힘들었으니까. 아이들은 교실을 신나게 뛰어다니고, 선생님은 그럴 거면 운동장에 나가라고 소리치지. 복도에서도 마찬가지야. 복도에서 조용히 오른쪽 왼쪽 나누어서 걷는 아이는 없으니까. 쭉 뻗은 복도를 보면 힘차게 달리고 싶어지는 마음을 혜지도 잘 알아. 하지만 혜지에게는 그 모든 게 머리 지끈거리는 소음이었어.

그렇게 쉬는 시간에 혜지는 자신에게 알맞은 소리를 찾고 또 찾다가 복도 아래에서 발견한 거야. 처음에는 쿠르릉 쿠르릉 울리는 소리가 궁금했어. 가만히 귀를 기울이고 기다리다 보면 그 소리는 이내 부르르 부르르 기분 좋게 몸을 떠는 소리로 바뀌었지. 기지개를 켤 때처럼 기분이 개운해지는 소리였어. 부르르 부르르. 정체를 알 수 없지만, 그 울림에 절대로 혜지의 심장이 덜컥 내려앉지는 않았어.

가만히 복도에 귀를 기울이고 있던 다른 아이가 말했어.

"지진이 아니라면 학교 공사를 하는 소린가."

"선생님께 벌써 물어봤지. 공사는 안 한대."

혜지는 대답하고 슬며시 고개를 들어 복도를 둘러봤어. 아이들이 하나같이 복도에 귀를 대고 있어. 덕분에 복도는 아주 조용했어. 아무도 뛰지 않았고 아무도 떠들지 않았으니까. 그렇게 우리 학교 복도는 하루아침에 조용해졌지.

복도를 지나던 선생님은 깜짝 놀랐어. 시끄러워야 할 복도가 조용했으니까 말이야.

"드디어 복도에서 조용히 하게 되었구나. 정말 기특해!"

"선생님, 복도에선 조용히 해 주실래요?"

혜지는 선생님에게 주의를 주었어. 선생님은 입을 가리고 교무실로 들어갔지.

교무실에 들어간 선생님은 다른 선생님들에게 말했어. 바라던 대로 복도가 조용해졌다고 말이야. 아이들이 복도에서 뛰지도 않고, 떠들지도 않고, 말썽부리지도 않는다고. 선생님들은 모두 손뼉 치며 기뻐했어.

그런데 그런 날이 하루, 이틀, 사흘 이어지니까 선생님들은 걱정이 되기 시작했어. 복도가 너무 조용했던 거야. 그건 정말 이상한 일이었지. 평범한 학교는 절대 그렇지 않으니까. 선생님들에겐 우리 학교가 평범한 학교여야 하는 게 정말 중요했으니까.

쉬는 시간만 되면 학교는 아이들이 한 명도 없는 듯 조용했어. 꼭 폐교 같았지. 으스스한 소리가 들리는 것 같기도 했고, 찬 바람이 휘잉 부는 것 같기도 했어. 학교가 썰렁해져 버린 거야.

선생님들은 고민하기 시작했어. 아이들에게 복도에서 뛰고 떠들고 말썽 피우라고 해야 하는 걸까.

혜지와 아이들은 쉬는 시간이 되면 복도로 나와 엎드렸어. 거북이처럼. 돌처럼. 수업 시간보다 더 조용히, 가만히 있었어. 그러면 소리는 더 또렷하게 들려왔지.

한 아이가 속삭였어.

"설마 우리 학교 아래에 지하철이 다니나?"

혜지는 고개를 절레절레 저었어.

"지하철이라기엔 너무 멋대로잖아."

다른 아이가 속삭였어.

"그럼 지하에 작은 사람들이 사는 거 아니야? 작은 사람들은 걸음 소리도 작을 테니까."

혜지가 손가락 두 개로 복도를 걷는 시늉을 했어.

"그럼 뚜벅뚜벅이나 톡톡 소리가 나야지."

혜지 말대로 이건 걷는 소리가 아니었어.

그 소리는 언제나 저 멀리서부터 가까이 다가왔어. 커졌다 작아졌다, 길어졌다 짧아졌다, 쿠릉, 쿠르릉, 쿠르르릉 제멋대로 울렸지. 그러다 쿠르르르르르르르르르!

과연 소리의 정체가 무얼까 아이들이 궁금해하던 그때, 뚝 소리가 멈췄어. 아이들은 고개를 들고 서로를 바라보았지. 그러다 벌떡 일어나서 복도를 발로 톡톡 두드려 보기도 하고, 복도 아래를 향해 "저기요!" 소리쳐 보기도 했어.

그때까지 잠자코 있던 혜지가 손을 번쩍 들었어. 그리고 입술에 손가락을 가져다 댔지. 아이들은 다시 복도에 엎드렸어. 아까보다 더 열심히 조용히 했지.

혜지는 이상했어. 며칠째 쿠르릉 소리만 들릴 뿐 부르르 개운하게 몸을 떠는 소리는 들리지 않았어.

이내 쿠르릉 소리가 다시 들려왔어. 처음엔 산 정상에서 메아리치는 소리만큼 멀었다가, 문 너머에서 건너오는 소리만큼, 바로 코앞에서 들리는 소리만큼 가까워졌지.

이윽고 쿵! 하며 복도에 커다란 구멍이 뚫렸어. 흙먼지가 구름처럼 피어올랐지. 그 사이로 분홍색 덩어리가 나타났어. 눈도, 코도, 귀도 없는 그 덩어리는 밧줄처럼 기다랬어. 그것은 주변을 살피듯 꿈틀대다가 복도를 휘젓기 시작했지.

"으악!"

아이들은 비명을 지르며 복도를 내달렸어. 괴물은 머리인지 꼬리인지 모를 동그란 끝을 이리저리 휘둘렀지. 아이들은 머리인지 꼬리인지 모를 것을 피해 더 빨리 뛰었어. 복도에 놓인 화분들이 잎사귀를 뒤집고, 벽걸이 시계의 시곗바늘이 거꾸로 돌아갔어. 아무도 신지 않는 손님용 실내화가 튀어오르며 신발장 천장을 두드렸어. 그 어느 때보다 복도는 소란스러웠어.

혜지는 한 발짝도 움직일 수 없었어. 소음에 지끈거리는 머리를 무릎에 묻고 눈을 감았어.

괴물은 이리저리 복도를 휘젓던 몸을 쭉 세웠어. 천장까지 솟아올라 주변을 살폈지. 그러곤 순식간에 복도 한가운데 혼자 남아 있는 혜지 코앞까지 다가왔어.

쿠르릉. 쿠르르릉.

이 소리는? 익숙한 소리였어. 혜지는 눈을 떴어. 가까이서 보니 알 수 있었어. 그건 머리였어. 두툼한 목도리 같은 것이 보였거든. 지렁이의 머리 부분에 있는 환대였지.

쿠르르르릉.

다시 소리가 들려왔어. 혜지는 자기도 모르게 손을 뻗었어. 폭풍우가 불고 천둥이 치는 것처럼 소란스러운 세상에서 거대 지렁이를 향해 손을 뻗은 거지.

혜지는 거대 지렁이 머리에 손바닥을 얹었어. 어느덧 익숙해진 소리에 맞춰 혜지의 몸이 떨렸어. 혜지는 느꼈어. 아직 복도 아래에서 다 빠져나오지 못한 몸의 떨림까지 말이야.

"괜찮아?"

그건 어떤 소음 속에서도 분명히 전해질 만큼 단단한 소리였어. 혜지의 가슴에서 시작된 울림이 지렁이에게 전해졌어. 지렁이도 그 울림에 맞춰 미세하게 몸을 떨었어. 그러다 녹은 초콜릿처럼 복도에 몸을 뉘었지.

혜지는 조심스럽게 다가가 거대 지렁이의 배에 귀를 댔어. 가까이서 들으니 이런 소리가 나는구나. 지렁이의 호흡에 따라 혜지의 몸이 오르락내리락했어.

혜지는 거대 지렁이의 배에 손바닥을 대고 무언가 속삭이기 시작했어. 손바닥을 펼쳐서 툭툭, 툭툭 두드려 주기도 했어. 그러자 쿠르릉, 쿠르르릉 울리던 소리가 점점 차분해졌어.

지렁이는 배가 아팠나 봐. 그동안 아이들이 복도를 뛰어다니며 지렁이의 배를 마사지해 주었는데, 아이들이 얌전해지자 배탈이 나 버린 거야.

쿠릉쿠릉, 톡톡, 그리고 마침내 부르르르. 혜지 손길에 배를 맡긴 거대 지렁이는 잠든 것처럼 편안히 숨을 쉬었어. 지렁이는 스르륵 몸을 움직여 뱀이 똬리를 틀듯 혜지를 감싸 주었어. 무언가 속삭이는 것도 같았지.

둘은 무슨 이야기를 나눴을까?

쉬는 시간을 마치는 종이 울리자 거대 지렁이는 구멍 속으로 다시 들어갔어. 어떤 소리도 없이, 아니 혜지가 아니라면 쉽게 알아챌 수 없을 만큼 작은 소리를 내며 어둠 속으로 들어가 버렸어. 혜지도 자리에서 일어났어.

아이들은 힘을 모아 복도를 정리했어. 엉망진창이던 복도는 차근차근 원래 모습을 되찾았지.

거대 지렁이와 나눈 이야기 때문이었을까? 혜지는 쉬는 시간에 운동장으로 나갔어. 땅바닥에 귀를 대는 대신 축구하는 아이들에게 힘껏 소리 질렀어.

"여기로 차!"

혜지는 머리가 어질어질했어. 온 힘을 다해 소리를 질렀으니까. 그건 지렁이에게 보내는 신호이기도 했어. 혜지는 힘차게 발을 굴렀어. 복도에서부터 발 진동을 따라 운동장 아래로 미끄러져 온 거대한 지렁이는 혜지의 울림을 느끼고 있겠지.

누군가 뻥 공을 찼어. 혜지 눈앞에 공이 떨어졌어. 혜지는 깜짝 놀라 그만 넘어져 버렸어.

혜지는 아직도 싫은 소리가 많아. 뻥 하며 공을 차는 소리라든가, 선생님이 끼리릭 칠판에 글씨를 쓰는 소리는 도무지 좋아할 수 없어. 언젠가 그 소리가 다르게 들리는 날이 올지도 모르지만 말이야.

혜지는 엉덩이를 털고 일어나 통, 통, 공이 튀는 소리를 향해 달려갔어. 공이 흙바닥에 튕기는 소리라면 좋아할 수 있을 것 같았거든.

혜지가 손을 번쩍 들고 외쳤어.

"내가 잡을게!"

달리고 외치는 소리. 그 사이로 혜지와 지렁이는 나아갔어. 그렇게 혜지의 지끈거리는 머리도 지렁이의 아픈 배도 나아 가겠지. 알맞은 소리를 찾아서, 알맞은 장소로 말이야.

　조용한 복도를 걱정하던 선생님들에게는 걱정하지 말라고 전해 줘. 언제나처럼 우리 학교 복도는 아이들로 시끌벅적할 거고, 혜지와 지렁이도 복도를 다시 찾곤 할 테니까. 반과 반을 이으며 쭉 뻗은 통로, 복도만 한 장소는 아마 없을 거야. 아이들이 새로운 친구, 뜻밖의 사건과 마주치기에도 말이야.

서랍
안에서

지유가 악어 입에 손을 넣었어. 눈을 꼭 감고 손끝으로 이빨을 눌렀어. 다행히 악어는 지유 손을 물지 않았어.

"휴! 이제 네 차례야."

지유가 악어 입을 친구 쪽으로 돌렸어. 친구는 팔짱을 끼고 고개를 저었어.

"그만할래."

친구의 말에 지유는 불안해졌어. 벌써 지루한가? 지유는 더 재미난 놀이를 찾기 위해 자기 방으로 들어갔어. 친구는 지유를 뒤따라와 말했지.

"이제 집에 갈래."

"우리 집에서 자고 간다며."

"미안, 엄마 아빠가 집으로 오래. 문자 왔어."

친구는 단호했어.

지유는 악어를 책상 위에 올려놓으며 말했어.

"나는 악어가 좋아."

"무슨 말이야?"

친구가 눈을 끔벅였어.

"악어는 늪에서 함께 지내잖아. 가족끼리 친구끼리. 늪 위로 보이는 게 바위 같아 보여도 사실 악어들인 경우가 많대. 하루 종일 늪 속에 함께 있는 거야."

지유는 악어에게서 눈을 떼어 친구를 바라봤어. 친구는 미안한 마음에 눈을 피했어. 그러곤 우물우물 얘기했지.

"나도 너랑 하루 종일 같이 있고 싶어. 하지만 집으로 돌아가야 해."

"정말 나랑 하루 종일 같이 있고 싶어?"

친구는 웃으며 말했어.

"당연하지. 내가 네 옆에 없어도 마음만은 늘 함께라고. 악어처럼."

지유도 빙긋 웃으며 말했어.

"넌 내 가장 소중한 친구야."

지유는 책상 서랍 가장 아래 칸을 열었어. 그리고 친구를 종이처럼 꾹꾹 누르고 접어서 서랍 속에 넣었지. 끝으로 지유는 서랍을 닫았어.

지유는 친구를 정말 좋아해. 얼굴을 마주하고 이야기를 나누는 것도, 보폭 맞춰 운동장을 걷는 것도, 함께 공부를 하거나 학교를 오가는 것도 좋았어. 친구와 함께 있으면 무얼 하든 즐거웠어. 하루 종일 친구와 함께 있고 싶었지. 그래서 지유는 친구를 어떻게 사귈지, 어떻게 더 친해질지 늘 고민했어.

악어 놀이를 하던 친구를 서랍 속에 넣은 뒤, 지유는 다른 친구를 만나서 놀았어.

이번 친구는 옆자리에 앉은 아이였어. 그 아이가 싫어하는 흰 우유를 지유가 대신 마셔 주었을 때, 둘은 둘도 없는 친구가 되었지. 지유가 흰 우유를 좋아했던 건 아니야. 흰 우유보다는 딸기 우유를, 딸기 우유보다는 초코 우유를 좋아했어. 하지만 옆자리 아이를 위해서 흰 우유를 마셔 주었어. 그건 그리 어려운 일이 아니었지.

지유가 흰 우유를 꿀꺽꿀꺽 마시는 동안, 옆자리 친구는 살며시 지유 책상에 초콜릿을 올려놓았어. 지유는 옆자리 친구와 항상 함께 있고 싶어졌어. 언젠가 옆자리 친구가 곤란한 일에 처하면 멋지게 돕고도 싶었지.

그날은 빨리 찾아왔어. 옆자리 친구가 언니와 크게 싸워서 집에 가기 싫다고 했어. 지유는 옆자리 친구를 돕기 위해 집에 초대했어.

옆자리 친구에게 자기 방을 소개하고, 냉장고에 가득한 간식을 나눠 먹었어. 같이 거실에서 영상을 보고, 게임을 하다 보니 해가 졌어.

옆자리 친구가 창밖을 살피며 말했어.

"여기서 너랑 같이 살고 싶다."

"그럼 같이 살아."

"너희 집에서 허락 안 할걸?"

"내가 혼자인 시간이 많아서 친구랑 같이 있는다면 좋아할 거야."

그때 전화벨이 울렸어. 옆자리 친구가 전화를 받았지. 지유는 불안해졌어.

옆자리 친구가 전화를 끊고 말했어.

"미안, 나 집에 가야 해. 언니가 맛있는 거 먹으러 가재."

함께 있기로 약속했으면서. 지유는 혼자 남는 게 싫었어.

지유는 자기 방으로 옆자리 친구를 데려가 책상 서랍을 열었어. 그다음은 알지? 옆자리 친구를 우유갑처럼 접어 책상 서랍 속에 넣었어.

다음은 잠자리채 친구였어. 함께 잠자리를 잡기로 했지만 날이 어두워질 때까지 한 마리도 잡지 못했지. 지유는 목말라하는 친구를 위해 집으로 데려가 시원한 음료를 대접했어. 친구는 음료를 마신 뒤 집에 가려 했고, 지유는 잠자리채 친구를 휙 잡아채 서랍 속에 넣었지.

지유의 서랍 속에 친구가 하나둘 늘어 갔어. 서랍을 열 때마다 수많은 친구들이 지유를 올려다봤지. 지유는 거인이 된 기분이 들었어.

"거긴 좀 어때?"

"비좁아."

우유를 싫어하던 친구가 우유갑처럼 몸을 구겼어.

"채집망에 갇힌 잠자리가 된 것 같아."

잠자리를 잡으러 다니던 친구는 잠자리채를 휘둘렀어.

지유는 서랍 속에 반장 같은 친구가 필요하다고 생각했어. 반장은 언제나 나서서 문제를 해결했거든. 도움이 필요한 친구에게 도움을 주었지.

지유는 반장을 집으로 초대했어. 그리고 방으로 데려간 뒤 서랍을 열었어.

반장이 서랍 속에 들어가자 아이들이 반장을 바라봤어.

"넌 어쩌다 여기 오게 되었어?"

잠자리채를 든 아이가 물었어.

"지유가 내 도움이 필요하다 그랬어. 난 지유의 가장 친한 친구니까 도우러 왔지."

반장이 한숨을 내쉬었어.

"그렇구나. 난 함께 잠자리를 잡으러 다녔어. 한 마리도 못 잡았지만. 여기에서 나가면 다시는 잠자리를 잡으러 다니지 않을 거야."

그러다 문득 생각난 듯 말했어.

"그런데 지유는 내가 가장 친한 친구랬는데?"

잠자리채 친구가 지유를 바라보았어. 어떻게 된 일인지 묻는 듯했지.

"아닌데. 지유는 내가 가장 친한 친구랬는데."

이번에는 흰 우유 친구가 지유를 바라보았어.

"그럼 나는?"

악어 놀이 친구가 팔짱을 끼고 지유를 쳐다보았지.

서랍 속 친구들이 아우성치기 시작했어. 지유는 당황했어. 서로 자기가 가장 친하다며 펼쳐 놓는 이야기들이 낯설었어. 어떤 친구의 이야기는 그랬던가? 싶었고, 어떤 친구는 얼굴도 잘 기억나지 않았어.

지유의 표정을 살피던 반장은 침을 꼴깍 삼키고 물었어.

"우리를 왜 가둬 둔 거야?"

반장의 말에 다른 아이들도 따지기 시작했어.

"맞아, 넌 친구가 많잖아."

"금방 새 친구를 사귀면서."

"이제는 서랍을 잘 열어 보지도 않으면서."

그때 한 친구가 자리에서 일어나 소리쳤어.

"이미 잊어버렸을지도 몰라. 송지유, 내 이름이 뭐야?"

그 친구는 제멋대로 구겨져 얼굴이 잘 보이지 않았어. 어떤 물건을 들고 있었는데 알아보기 힘들었지.

"알아. 안다고."

하지만 지유는 친구의 이름이 도저히 떠오르지 않았어.

"분명히 기억하는데……. 알고 있었는데……."

처음으로 서랍에 넣었던, 처음으로 가장 친한 친구라고 생각했던 바로 그 친구인 것 같은데. 우리는 어떻게 친해졌고 어떻게 멀어졌을까. 떠오를 듯 떠오르지 않는 기억에 머리가 아팠어.

"저것 봐. 그런데도 왜 우리를 가둬 두는 거야?"

"풀어 줘!"

"놓아 달라고!"

친구들이 고함을 쳤어.

지유는 고개를 돌렸어.

"이 작은 서랍은 우리에게 너무 답답해!"

지유는 잠시 고민했어.

"하긴, 서랍 속은 답답하겠다. 그럼 공원이라도 가 볼까?"

지유는 서랍을 빼 들고 집을 나섰어. 서랍은 무거웠지만 화가 난 친구들을 달래야 했지. 지유는 낑낑거리며 서랍을 반쯤 끌다시피 하며 공원으로 향했어.

공원은 한적했어. 산책로를 따라 조깅을 하는 사람 몇몇뿐이었어. 지유는 나무 의자에 서랍을 올려 두고 넓은 공원을 멍하니 바라보았지.

"혼자 집에 있는 게 답답할 때 종종 공원에 나왔어."

지유의 말에 집중하는 친구는 없었어. 서랍 속 친구들은 서로서로 몸을 굽혀 계단을 만드느라 정신이 없었지. 밀어 주고 끌어올려 주며 서랍의 벽을 넘으려 했어.

"친구는 말이야. 언제나 같이 있어 주는 거 아니야? 내가 슬플 때나 기쁠 때나 외로울 때나 무서울 때나."

지유가 말하는 사이 어느덧 서랍 위로 한 친구가 올라섰어. 그리고 또 한 친구, 또 한 친구…… 마침내 모든 친구들이 서랍 위로 올라왔어.

친구들은 뛰어내릴 준비를 했어.

"우린 네 서랍을 떠날 거야. 우린 네가 바라는 친구가 될 수 없어."

지유는 떠나려는 친구들을 보고 재빨리 손으로 서랍 위를 쓸었어. 힘겹게 서랍 위로 올라왔던 친구들은 커다란 지유 손에 밀려 서랍 속으로 떨어져 버렸어.

친구들은 포기하지 않았어. 서로를 의지하며 다시 벽을 타고 올랐지. 그때 비가 내리기 시작했어. 벽을 타고 오르던 친구들이 하나둘 서랍 속으로 다시 미끄러졌어.

지유는 서랍을 들여다보고 싶지 않았어. 그렇게 좋아했던 친구들이었는데, 이제는 함께 있어도 혼자가 된 기분이었지. 지유는 그저 비를 맞고 있었어.

비는 점점 세차게 내렸어. 공원 곳곳에 웅덩이가 생기고 서랍 속에 물이 차기 시작했지. 친구들이 서랍 위로 둥둥 떠올랐어. 순식간이었어. 지유의 발아래로 친구들이 떠내려갔어. 지유는 벌떡 일어나 소리쳤어.

"안 돼!"

지유는 친구들을 붙잡으려고 흙탕물을 헤집었어. 물은 잔디까지 의자까지 차올랐지. 공원은 커다란 늪 같았어. 지유는 늪 속을 수영하는 악어처럼 바닥에 엎드려 친구들을 쫓았어.

지유는 친구들에게 닿을 수 없었어. 친구들은 떠내려가는 게 아니라 헤엄치고 있었어. 물살을 타고 멀리 나아갔지. 악어 놀이를 하던 친구는 수풀 쪽으로, 흰 우유 친구는 놀이터 쪽으로, 반장은 공원 출구 쪽으로 사라졌어. 모두 가고 싶은 곳을 향해 나

아갔어. 지유는 누구를 먼저 쫓아야 할지 몰랐어. 결국 친구들은 모두 지유의 시야에서 사라져 버렸어.

다음 날 지유는 학교에 가지 못했어. 침대에 누워 열이 내리기를 가만히 기다리고 있었지. 몸이 답답하고 뜨거운 것 같다가도 시리고 허했어. 팔다리는 물에 오래 불은 종이처럼 흐물거렸고. 꼭 늪에 빠진 것 같았어. 이대로 몸이 아래로 아래로 가라앉다가 바닥에 잠겨 버릴 것 같았지.

그때 초인종이 울렸어. 친구들이었어.

친구들은 지유 침대 주변에 둘러앉았어. 가만히 악어처럼 바위처럼 앉아 있었지. 그러다 어떤 친구가 물었어.

"목마르진 않아?"

지유는 고개를 저었어.

또 다른 친구가 물었어.

"심심하진 않아? 악어 게임 할까?"

지유는 또 고개를 저었어.

"배는 안 고파?"

"화장실은?"

"내일은 학교에 나올 거야?"

간간이 질문이 이어졌어. 천천히 고개를 젓던 지유는 눈을 감았어. 이렇게 가만히 있고 싶었지.

친구들이 떠났어. 지유는 종이처럼 접고 구겼던 친구들을 생각했지. 윙윙 휴대폰이 울렸어.

'심심하거나 도움이 필요할 때 언제든 연락해.'

'내일은 꼭 학교에서 보자.'

친구들의 메시지였어. 친구들은 곁에 없는 것 같기도 하고 함께 있는 것 같기도 해.

지유는 이불을 당겨 몸을 덮었어. 지유의 늪은 작은 서랍만 했다가, 공원만 했다가, 학교만 했다가, 동네만 해졌어. 늪은 점점 넓어졌어. 어쩌면 늪은 지유가 생각하는 것보다 훨씬 넓었던 걸지도 몰라.

지유는 눈을 감았어. 어느 순간부터 아무 생각도 들지 않더니 스르륵 잠이 들었어. 오랜만의 깊고 편안한 잠이었지.

우리 학교 아이들은 지유가 다시 학교에 나올 날을 기다렸어. 지유뿐만 아니라 빈자리가 생기면 빈자리의 주인을 항상 기다렸어. 잠시 혼자였다가, 다시 함께였다가, 늪 속의 악어들처럼 있는 듯 없는 듯 그렇게 함께했지.

운동장의
끝에서

쿵. 쿵. 쉬는 시간만 되면 우리 학교 운동장에선 괴상한 소리가 울렸어. 연우와 해올이가 밀어 내기를 하는 소리였지.

연우와 해올이는 다툼이 생기면 밀어 내기로 승부를 냈어. 방법은 간단해. 먼저 운동장 끝과 끝에 서. 그리고 서로를 향해 달려드는 거야. 박치기하든 어깨를 부딪치든 서로를 밀어 냈지. 먼저 물러서는 쪽이 지는 거였어.

이 방법을 쓰기 시작한 건 연우와 해올이가 짝이 되어서 책상을 나란히 하고 앉았을 때부터였어.

연우는 책상에 자기 물건을 잔뜩 올려놔야 했어. 연필, 볼펜, 형광펜을 색색별로 오른편에 올려 두고, 메모 노트, 정리 노트, 일기 노트를 왼편에 쌓아 두고, 탁상용 디지털시계도 앞에 놓아두었어. 집중이 잘 안될 때 주무를 말랑이도 필수였지. 연우는 수업을 듣기 위해 준비해야 할 물건이 참 많았어.

그러다 보니 연우 물건이 해올이 책상을 침범했던 거야.

"야, 넘어오지 마."

조심한다고 해도 어쩌다 보면 노트 모서리가 넘어가거나, 형광펜 뚜껑이 튕겨 가거나, 말랑이가 데구르르 굴러가곤 했어.

반면 해올이의 책상은 깔끔했어. 허전하다고 말해도 될 정도였지. 연필 한 자루, 지우개 하나, 노트 한 권이 다였거든. 해올이는 책상에 물건이 많으면 정신이 없어서 수업에 집중이 안됐어. 무엇보다 밑줄을 그을 때 불편했지. 곧게 뻗은 밑줄을 긋기 위해서는 넓은 공간이 필요했어. 팔꿈치를 한껏 벌리고 손끝에 힘을 주어야 곧은 밑줄을 그을 수 있었거든.

그러니 해올이가 밑줄을 그을 때, 해올이 팔이 연우 물건들을 툭툭 치곤 했어.

"야, 조심해."

조심한다고 해도 어쩌다 보면 팔꿈치가 디지털시계를 넘어트리거나, 필통을 쏟아 버리거나, 말랑이를 굴려 버리곤 했지.

연우는 혹시 해올이가 자기를 좋아하는 게 아닐까 생각했어. 그래서 자꾸 물건들을 툭툭 건드리며 관심을 끌려는 것 같았지. 일부러 팔을 크게 벌린 불편한 자세로 밑줄을 그을 필요는 없잖아? 하지만 안타깝게도 연우는 해올이와 친해지고 싶지 않았어.

해올이는 해올이대로 혹시 연우가 자기를 좋아하는 건 아닐까 생각했어. 그래서 자꾸만 잡다한 물건들로 장난을 치는 거라고. 안타깝지만 해올이도 연우와 친해지고 싶지 않았어.

"넘어오지 말라고!"

"너부터 건드리지 마!"

둘은 목소리를 키우다 서로 밀어 대기 시작했지.

끼익, 끼익. 기우뚱대는 의자 소리는 점점 커졌어. 그러다 쿵! 연우와 해올이는 벌러덩 자빠지고 말았지.

"다치진 않았니?"

달려온 선생님은 연우와 해올이를 살폈어. 연우와 해올이는 옷을 툭툭 털며 일어났어. 다행히 아무도 다치지 않았어. 선생님은 의자로 장난치지 말라며 주의를 주었어. 그리고 재빨리 칠판 앞으로 달려갔지. 오늘 수업 시간에 가르쳐야 할 게 너무 많았으니까. 아이들이 장난치다 넘어지는 일은 흔한 일이고 말이야.

연우와 해올이는 서로를 째려보았어.

"운동장으로 나가자."

"좋아. 결판을 내자."

연우와 해올이는 선생님께 들키지 않게, 네 발로 기어 교실을 빠져나갔어.

둘은 운동장 끝과 끝에 섰어.

연우는 숨을 잔뜩 들이켜서 몸을 부풀렸어.

"네가 지면, 내 물건들 건드리지 마."

해올이는 날랜 몸을 풀며 말했어.

"네가 지면, 다시는 내 책상 넘어오지 마."

둘은 서로를 향해 달려들었어.

쿵!

긴장감 넘치는 싸움이 시작됐어. 서로 지지 않으려고 얼굴이 빨개질 정도로 힘을 냈어.

연우는 자기가 해올이보다 몸집이 크니까 금방 이길 줄 알았어. 그런데 해올이가 꽤 날랬던 거야. 연우는 이대로는 안 되겠다 싶었지. "이얏!" 기합 소리와 함께 연우가 박치기를 했어. 해올이는 그만 벌러덩 자빠졌어.

그렇게 승부가 결정 났어.

학교를 마칠 때까지 연우는 물건들을 책상 위에 펼쳐 놓고 거드름을 피웠어. 해올이의 책상을 반이나 넘게 침범했지. 해올이는 몸을 잔뜩 구긴 채 불편하게 수업을 들어야만 했어.

해올이는 연우에게 진 게 너무 분했어. 앞으로 매일매일 불편하게 자리에 앉아 있어야 한다는 것도 짜증 났지.

집으로 돌아간 해올이는 냉장고로 향했어. 냉장고에는 해올이 먹으라고 사 온 한약이 가득했어. 평소에 해올이는 한약 먹는 걸 싫어했어. 맛이 너무 씁쓸하잖아. 해올이는 지금 이대로도 충분하다고 생각했어. 한약 같은 걸 먹지 않아도 튼튼하다고 말이야.

해올이는 한약 중에서도 뿔 그림이 그려진 한약 봉지를 골랐어. 머리가 좋아지는 약이라고 했던 것 같아. 그 말을 믿는 건 아니지만 믿겨야 본전이야. 머리를 좋게 만들어 준다면 머리를 더 튼튼하고 단단하게 만들어 줄 수도 있잖아?

다음 날, 해올이는 쉬는 시간이 되자마자 연우에게 소리쳤어.

"야, 운동장으로 나가자!"

"또 덤비시게?"

해올이는 자신만만했지. 둘은 또 운동장 끝과 끝에 섰어. 그리고 서로를 향해 돌진했어.

해올이는 꼭 사슴이 싸우는 것처럼 머리를 기울여서 연우를 향해 달렸어. 해올이 머리에는 작은 뿔이 돋아 있었어. 자세히 보지 않으면 알아채지 못할 만큼 아주 작은 뿔이었지.

쿵!

연우는 두 눈을 비볐어. 하늘이 보였어. 운동장 바닥에 벌러덩 자빠진 거야.

"내가 이겼지? 넘어오기만 해 봐!"

해올이는 팔짱을 끼고는 연우를 내려다봤어. 그날은 뭐 말 안 해도 알겠지?

연우는 해올이가 의심스러웠어. 하루 만에 자기가 질 거라곤 생각도 못 했어. 평소와 달랐던 점이 뭘까, 곰곰이 생각해 봤어. 해올이가 아침에 먹던 한약이 떠올랐지. 누가 볼세라 한약을 단숨에 삼켜 버리곤 봉지를 쓰레기통에 버렸어. 분명 수상했지.

쓰레기통 당번을 뽑을 때 연우는 손을 번쩍 들었어. 그리고 해올이가 버린 한약 봉지를 찾기 위해 쓰레기통을 샅샅이 뒤졌어. 한약 봉지에는 뿔 그림이 그려져 있었어. 오늘따라 유난히 해올이 머리가 단단했던 이유가 있었던 거야.

연우는 학교를 마치자마자 집으로 달려갔어. 연우네 집에도 있었어. 뿔 그림이 있는 한약 말이야. 연우 역시 한약을 군이 먹고 싶지 않았어. 하지만 한약의 비밀을 알게 되었으니 가릴 것이 없었지. 연우는 곧바로 부엌에서 한약을 찾아 남김없이 마셨어.

다음 날 연우는 해올이를 운동장으로 불러냈어. 재대결을 신청한 거지. 그런데 둘 다 모습이 조금 이상했어. 머리에 뿔이 돋아 있었던 거야.

연우의 머리 위에는 여름나무처럼 여러 갈래로 우거진 뿔이, 해올이의 머리 위에는 깃대처럼 곧은 뿔이 돋아 있었지.

둘은 콧김을 뿜어 대며 발로 땅을 긁었어. 목을 흔들며 뿔을 뽐냈지. 그러다 서로에게 달려들었어.

쿵!

둘의 싸움은 쉽게 결판나지 않았어. 수업 시간을 알리는 종이 칠 때까지 팽팽하게 서로를 밀쳐 댔지.

"내일 다시 붙어."

"누가 무서워할 줄 알고?"

아이들은 쉬는 시간마다 창밖으로 고개를 내밀고 둘의 싸움을 구경했어. 날이 갈수록 둘은 점점 사슴처럼 변했어. 튼튼한 네 발 굽으로 땅을 박차며, 뿔을 휘저으며 서로에게 달려들었어.

구경하던 아이들은 둘의 모습을 보곤 선생님에게 말했어.

"선생님! 우리 학교 운동장에서 사슴이 뛰어다녀요!"

선생님은 창문 밖은 보지도 않고 말했어.

"창밖으로 고개 내밀면 안 돼요. 위험해요."

선생님은 아이들에게 손짓하곤 꾸벅꾸벅 졸았어. 쉬는 시간은 선생님에게도 소중했으니까.

둘의 싸움은 그칠 줄 몰랐어. 이제 아이들은 창밖을 구경하지 않아. 늘 똑같은 모습이니까. 쉬는 시간마다 쿵, 쿵 소리를 들으니 슬슬 괴로워졌어.

"야, 너희 또 나가?"

연우와 해올이가 운동장으로 나갈 때마다 아이들은 귀를 막고 머리를 부여잡았어.

다툼이 끝없이 이어지던 어느 날이었어. 해올이가 연우의 뿔을 요리조리 피하며 기회를 노리고 있었어. 그러다 빈틈을 발견하곤 곧은 뿔을 들이밀었어. 딱! 하는 소리와 함께 해올이와 연우의 뿔이 엉켜 버렸어. 열쇠와 자물쇠처럼 딱 걸려 버린 거야.

둘의 코가 닿을 듯 말 듯 했어. 숨소리가 들릴 만큼 가까웠어. 매일매일 서로의 얼굴을 보며, 몸을 밀어 내며 다퉜지만 이렇게 눈을 맞춘 적은 처음이었지. 연우는 왼쪽으로, 해올이는 반대쪽으로 눈을 돌렸어. 둘은 얽힌 뿔을 빼내려 엉덩이를 쭉 빼고 빙글빙글 돌았어.

그때 마침 창밖으로 고개를 돌린 누군가가 소리쳤어.

"오늘은 둘이 싸우는 게 아니라 재밌게 놀고 있는데?"

아이들은 다시 창밖을 구경하기 시작했어. 운동장에서 한 쌍의 사슴처럼 사이좋게 노는 둘을 보았지. 다른 아이들에게는 코를 맞대고 빙글빙글 돌며 노는 모습 같았으니까.

그렇게 흙먼지를 피우며 몇 바퀴 돌았을까? 둘은 털썩 주저앉았어.

가쁜 숨을 쉬던 연우와 해올이는 서로에게 기대어 숨을 골랐어. 뿔이 엉켜 있으니 어쩔 수 없었지. 연우는 해올이의 곧은 어깨에 볼을 기대고, 해올이는 연우의 부드러운 머리칼에 귀를 묻었어.

'그런데 우리 왜 싸우고 있었지? 책상 자리 때문이었나, 머리 위

로 솟은 뿔 때문이었나?'

그때 수업 종이 울렸어. 둘은 고개를 들었어.

뚝.

갑자기 뿔이 떨어졌어. 그렇게나 단단하던 뿔이 맥없이 떨어져 버린 거야. 운동장 바닥으로 떨어진 뿔은 허물 같았어. 둘은 멍하니 뿔을 내려다보았어. 온종일 엉켜 있는 것보다는 다행인 일일까?

수업 시간을 알리는 선생님의 목소리에 둘은 재빨리 교실로 들어갔어. 계단을 오르며 머리 위를 쓰다듬어 봤어. 왠지 가슴이 쿵쿵 뛰었어.

둘은 수업 내내 쉬는 시간만 기다렸어. 이번에는 뿔을 휘두르기 위해서가 아니라 제 뿔을 찾기 위해서였지. 운동장에서 마주친 연우와 해올이는 머리를 긁적이다가 멀찍이 떨어져 운동장을 살폈어. 부러진 나뭇가지를 헤집으며, 조각난 돌멩이를 스윽 밀어 내면서 말이야.

그런데 자기 뿔이 아니라 서로의 뿔이 눈에 들어왔어. 매일매일 마주 봐 왔으니까 내 뿔이 어떻게 생겼는지보다, 너의 뿔이 어떻게 생겼는지를 더 잘 알았던 거지.

운동장 한편에서 해올이가 연우의 뿔을 쥐고 걸어왔어. 여름 나무처럼 우거진 연우의 뿔이 땅에 그림자를 드리웠어.

반대편에서는 연우가 해올이의 뿔을 들고 다가왔어. 해올이 뿔은 흔들림 없는 깃대처럼 하늘을 향해 우뚝 솟아 있었지.

둘은 운동장 한가운데서 마주 섰어.

"잘 챙겨."

"너나."

뿔을 건네받은 둘은 나란히 교실로 들어갔어. 조금은 빠른 걸음으로 말이야. 다음 수업 준비를 하기엔 시간이 빠듯했거든.

연우 책상이 색색의 연필과 노트들로 여름 숲처럼 우거져 가고, 해올이 책상이 오직 곧은 밑줄을 위해 비워 내기를 반복하는 동안 수업이 시작되고, 수업은 끝이 났어. 그렇게 학교생활은 매일매일 이어졌지.

하지만 가까이에서 본다면 둘 사이에는 분명 무언가 달라진 점이 있⋯⋯.

"연우야! 수학 시간에 물감은 왜 필요한데? 내 팔뚝에 다 묻었잖아!"

"해올아, 이번에 넘어온 건 네 팔뚝이거든?"

뭐, 예전과 다르지 않은 점도 있겠지.

하지만 이젠 운동장에 나가서 밀어 내기를 한다거나 박치기를 한다거나 하진 않아. 티격태격하다가도 어느 날은 해올이가, 어느 날은 연우가 먼저 머리를 숙였어. 그러면 사과받는 쪽에서는 얼굴을 붉히며 슬며시 머리를 긁적였어. 그곳에 무언가가 있었다는 듯이 말이야.

뿔은 어떻게 되었냐고? 글쎄, 다시 자랄지도 모르지. 하지만 더이상 부딪히거나 엉키진 않을지도 몰라. 싸우는 데 뿔을 사용하는 일은 없을 테니까. 서로가 누구인지 알아보고 기억하기 위해서 뿔을 살필 수는 있겠지.

둘은 이제 한약을 먹지 않아. 머리가 좋아질 필요가 없으니까.

이미 둘은 머리가 참 좋았지. 서로를 알아볼 만큼, 서로를 이해할 만큼 말이야.

칠판
너머에서

선생님이 잠깐 교실을 비워야 하는 일이 생겼어.

"금방 올게요. 잠시만 조용히 기다려요."

반장이 물었어.

"누가 말썽 피우면요?"

선생님은 곰곰 생각하다 말했어.

"반장이 기억해 뒀다가 나중에 알려 주세요."

반장은 당황했어. 왜냐면 반장은 기억력이 안 좋았거든. 선생님이 교실을 떠나자 반장은 노트를 펼쳤어. 말썽 피운 아이들을 까먹을지도 모르니 이름을 적어 두려고 한 거야.

아이들은 반장의 눈치를 보며 얌전히 앉아 있었어. 선생님이 없는 교실인데도 말이야. 반장은 노트는 펼쳤지만 막상 적을 이름이 없었어. 반장은 낙서를 시작했어. 빈 노트가 펼쳐져 있으면 무엇이든 끼적거리기 마련이니까.

서걱 서걱 서걱.

조용한 교실에 반장이 글씨 쓰는 소리가 크게 울렸지. 맨 구석 자리에 앉은 아이가 들을 정도로 말이야. 아이들이 소곤대기 시작했어. 설마 내 이름을 적고 있는 건 아닐까 걱정되었던 거지. 반장 주위에 앉은 아이들은 흘깃흘깃 반장의 노트를 훔쳐봤어. 반장은 엎드려 노트를 가렸어. 누가 내 노트를 훔쳐보는 건 기분 좋은 일이 아니잖아.

참다못한 한 아이가 소리쳤어.

"이름을 적을 거면 칠판에다 적어. 나를 적은 건지 아닌 건지 모르겠잖아."

칠판에 이름 적히기 좋아할 아이는 없지. 모두의 주목을 받는 건 부담스러우니까. 하지만 노트에 내 이름이 적혔을까 맘 졸이는 것보다는 그게 나은 것 같았어. 다른 아이들도 한 마디씩 보탰어.

"맞아!"

"다 보이게 적어."

반장은 어쩔 수 없이 칠판 앞으로 나갔어. 그리고 교실을 살폈지. 맨 앞자리 아이가 실수로 연필을 떨어트렸어. 아이들은 기대했어. 반장이 그 아이의 이름을 적지 않을까 하고서. 반장은 적지 않았어. 연필을 떨어트린 게 말썽은 아니었으니까.

다음은 지우개였어. 지우개는 연필과 달리 탄성이 좋아서 통, 통 튀다가 뒷자리 아이에게 굴러갔어. 반장은 살짝 고민했어. 아무래도 지우개를 일부러 떨어뜨린 것 같았어.

뒷자리 아이는 분위기를 살피다가 발끝으로 톡 지우개를 찼어. 반장은 옆 분단으로 굴러가는 지우개를 보았지만 이름을 적진 않았어. 누가 찼는지 잘 못 봤으니까. 반장은 말썽이 뭔지, 어느 정도가 말썽인지 고민하느라 여념이 없었어. 그렇게 교실에서 지우개 차기 놀이가 시작됐어.

그러자 슬금슬금 다른 장난도 시작됐지. 손장난을 치거나, 노트를 펼쳐 오목을 두거나……. 이름이 적히지 않을 정도로만 말이야.

딱 한 명, 해림이는 칠판에 이름이 적히든 말든 상관없었어. 해림이에게 중요한 건, 지금 당장 자기를 놀리는 아이들을 혼내 주는 거였어.

오늘 해림이는 양말을 짝짝이로 신고 왔어. 우리 학교 아이들 중 짝짝이 양말을 신은 사람은 해림이뿐이었을 거야. 왼쪽은 하얀 양 무늬, 오른쪽은 파란 물방울무늬 양말이었지. 지우개 차기를 하다가 해림이 양말을 본 아이들이 놀려 댔어.

"해림아, 양말이 그게 뭐야?"

"으하하. 짝짝이야."

해림이는 아이들에게 소리쳤어.

"짝짝이가 어때서!"

그러자 누군가 외쳤어.

"해림이가 큰 소리로 떠들었어. 반장, 이름 적어."

반장은 칠판에 해림이 이름을 적었어. 드디어 이름을 적을 순간이 왔다고 생각한 거야. 하지만 해림이를 생각해서 칠판 한 귀퉁이에 아주 작게 적었지. 선생님이 혹시라도 발견 못 하기를 바라면서.

해림이는 자기 이름이 적혔다는 사실보다 아이들이 놀리는 게 더 화가 났어. 양말을 벗어 버릴까 잠깐 생각했지. 그런데 발을 씻고 잤던가? 어쩌면 발냄새가 난다며 더 놀림받을지도 몰라. 아니, 그것보다 놀림받았다고 좋아하는 양말들을 벗기는 싫었어.

해림이는 좋은 생각이 떠올랐어. 손을 번쩍 들고 반장에게 말했지.

"내 양말 본 애들 다 이름 적어. 수업 시간에는 앞을 봐야 하니까."

반장은 고개를 끄덕였어. 하얀 분필을 들고 아이들 이름을 적으려 했어.

"그건 말도 안 돼. 난 목이 뻐근해서 목 운동을 한 것뿐이라고!"

"난 책상 밑에 떨어진 지우개를 주운 거야."

해림이는 반장을 노려봤어. 아이들도 반장을 노려봤지.

반장은 고민했어. 해림이를 도와주고 싶은데, 사실 아이들 말이 틀리진 않았거든. 앞만 보고 수업을 듣다 보면 온몸이 쑤셨지. 엉덩이를 뒤틀어 줘야 하고, 고개도 돌려 줘야 해. 수업 시간에 지우개가 떨어지면 줍기도 해야 하지. 아이들이 한 일은 말썽이라고 하기 어려웠어.

누군가 소리쳤어.

"억지를 부린 해림이 이름에 동그라미를 쳐. 또 말썽 피웠으니까."

아이들이 웃음을 터트렸어. 반장과 해림이만 웃지 않았지. 해림이는 화가 나서 그랬고, 반장은 또 고민하느라 웃을 수 없었어. 듣고 보니 아이들 말이 그럴듯했거든.

반장은 해림이 이름에 동그라미를 쳤어. 아이들이 동그라미에 갇힌 해림이 이름을 가리키며 웃어 댔어.

"저거 봐, 꼭 물방울무늬 같다."

"아니, 양 그림 같은데?"

반장은 해림이가 더 놀림받는 게 싫었어. 더구나 놀리는 건 말썽이 분명하니까. 그렇다고 아이들 이름을 적으려 들면 놀린 게 아니라고 할지도 몰라. 그냥 무늬 이야기를 한 거라고 말할 테지.

반장은 좋은 생각이 났어. 하얀 분필 중에 가장 긴 걸 집었어.

칠판 한가운데 해림이 이름을 아주 크게 적었지. 그리고 커다란 동그라미를 그렸어. 이제는 양말 무늬처럼 보이진 않았어.

선생님이 알아봐도 어쩔 수 없었어. 반장이 생각하기에, 해림이는 어쨌건 말썽을 피운 것 같았으니까.

아이들은 손뼉을 쳤어.

해림이는 자리에서 벌떡 일어났어. 성큼성큼 칠판으로 다가가 칠판지우개를 집었지.

"뭐 하는 거야, 해림아?"

"내 이름이잖아. 내 마음이야!"

해림이와 반장이 다투기 시작했어. 반장은 해림이가 든 칠판지우개를 뺏으려 했지. 해림이는 칠판 쪽으로 점점 밀려났어.

그리고 사라져 버렸지.

칠판 속으로 쏘옥 빠져 버린 거야. 해림이 이름이 적힌 동그라미 속으로, 구멍 속으로 말이야.

"으아아아아!"

해림이의 고함이 메아리처럼 울렸어.

아이들은 벌떡 일어나 칠판으로 몰려들었어. 칠판에 난 구멍 속을 들여다보았지.

"와, 엄청 깊은가 봐. 아무것도 안 보여."

"이 구멍은 어디로 이어진 걸까?"

"해림아, 거긴 뭐가 있어?"

아이들의 물음에도 해림이는 답하지 않았어.

반장은 몰려나온 아이들 이름을 적어야 하나 말아야 하나 고민했어. 그러다 이름 적는 고민 따위는 그만두기로 했지. 정말 지긋지긋했어.

아이들은 슬슬 걱정됐어. 해림이가 아무 대답도 하지 않았으니까. 이대로 해림이가 영영 사라져 버린 거면 어쩌나 싶었지.

그때 구멍 속에서 소리가 들려왔어.

"와, 여기 진짜 멋지다!"

해림이의 목소리였어. 아주 신이 나 보였지.

아이들이 되물었어.

"뭐가 멋진데?"

해림이 대답이 돌아오지 않았어. 해림이는 구멍 속 멋진 것들을 탐험하고 있는 걸지도 몰라.

아이들은 구멍 속에 있을 멋진 것들에 대해 떠들어 댔어.

"지하에 커다란 놀이공원이 있는 거야. 해림이는 지금 롤러코스터를 타고 있는 거지."

"아니야. 용의 보물 창고가 있는 거야. 용들은 아무도 모르는 깊은 구멍 속에 보물을 숨긴댔어."

한참 후에야 해림이가 대답했어.

"그것보다 훨씬 멋진 거야!"

아이들은 안달이 났어. 해림이만 멋진 걸 즐기고 있잖아.

너 나 할 것 없이 해림이에게 물었어.

"해림아, 나도 들어가도 돼?"

"안 돼. 여긴 내 이름 구멍이니까. 너희도 들어오고 싶으면 칠판에 이름 적히든가."

아이들은 고민했어. 반장에게 자기 이름을 적어 달라고 해야 하나 말아야 하나.

그때 해림이 목소리가 다시 들려왔어.

"그런데, 여기 들어와도 괜찮겠어? 여긴 멋지기도 하지만 정말 정말 깊고 어둡거든."

해림이 말에 몇몇 아이들이 칠판에서 떨어졌어. 어두운 걸 싫어하는 아이들이었지.

"좀 무시무시하다고도 할 수 있어. 너희가 생각할 수 있는 가장 무서운 걸 떠올려 봐."

해림이 말에 몇몇 아이들이 또 칠판에서 떨어졌어. 아무리 멋지고 재밌다고 해도 무서운 건 싫으니까.

"그러니까 함부로 내 이름에 들어올 생각 하지 마. 여긴 내 이름의 구멍이니까!"

해림이 말에 남은 아이들 모두 구멍에서 떨어졌어.

반장도 고개를 끄덕였지. 처음으로 분명하게 목소리를 냈어.

"해림이 이름엔 들어가지 말자. 그래도 구경하는 건 괜찮지, 해림아?"

"좋아. 머리를 넣는 것까지는 허락해 줄게."

하지만 아무도 용감하게 구멍 속에 머리를 넣진 못했어. 반장은 머뭇거리던 아이들을 바라보다, 구멍으로 다가갔어. 사실 반장은 해림이의 짝짝이 양말이 멋져 보였거든. 해림이의 이름 구멍 속에는 그만큼 멋진 것들이 많을 것 같았어.

막 반장이 구멍 속으로 머리를 넣으려는데, 누군가 소리쳤어.

"선생님 오신다!"

반장은 해림이에게 말했어.

"해림아. 이제 나와야 할 것 같은데?"

해림이가 크게 소리쳤어.

"네가 넣었으니, 네가 꺼내 줘야지!"

반장은 어떻게 해림이를 꺼내야 할지 몰랐어. 아이들이 저마다 의견을 냈지.

창가의 커튼을 묶어서 줄을 내리면 어떨까. 그런데 커튼이 너무 짧으면 어떡해. 구멍이 얼마나 깊은지 모르잖아.

소방서에 전화해 사다리를 빌리면 어떨까. 그러기엔 소방관이 우리 말을 믿어 줄까. "칠판 구멍에 친구가 빠졌어요, 도와주세요!"라고 하면 장난 전화인 줄 알고 끊어 버릴 거야.

누군가 말했어.

"이게 다 해림이가 짝짝이 양말을 신고 와서 그래."

반장은 해림이 탓은 아니라고 생각했어. 반장과 같은 생각을 한 아이들은 더 있었지.

"아니지, 짝짝이 양말을 신었다고 놀린 애들이 잘못이야."

아이들은 서로가 잘못했다고 다투기 시작했어.

그러는 동안 반장은 좋은 생각이 났는지 파란 분필을 집어 들었어. 해림이가 신고 온 오른쪽 양말의 물방울무늬처럼 파란 분필 말이야.

반장은 아까 해림이 이름에 친 커다란 동그라미 옆에 또 다른 동그라미를 그렸어. 칠판에 공간이 없어서 조금 작은 동그라미였지.

반장이 해림이에게 물었어.

"해림아, 이쪽 구멍 보여?"

곧장 해림이 손이 삐죽 튀어나왔어. 파란 동그라미가 출구가 된 거야. 아이들이 놀라 자빠졌지.

"잠깐, 나 꼈어."

해림이의 말에 아이들이 해림이 손에 달라붙었어. 한데 힘을 합쳐 해림이 손을 당기기 시작했어.

"조금만 더!"

쿵! 아이들은 모두 엉덩방아를 찧었어. 해림이가 겨우 칠판을 빠져나왔어.

그날 이후, 해림이는 짝짝이 양말을 매일 신고 왔어. 그건 해림이에게 멋진 일이었어. 아무도 가 본 적 없는 칠판 속을 탐험했다는 증거였으니까.

아이들은 해림이에게 칠판 속이 어땠는지 물었어. 하지만 해림이는 절대로 칠판 속 세계에 대해 이야기해 주지 않았어.

"궁금하면 너도 이름이 적혀서 들어갔다 와 봐."

아이들은 아무 말도 할 수 없었어. 칠판에 이름이 적히는 일은 부담스럽기도 했고, 무엇이 있을지 모르는 구멍 속에 들어가는 건 무서웠으니까.

그렇게 해림이의 구멍은 해림이만의 구멍이 되었어. 아이들은 그걸 아주 멋지다고 생각했어. 해림이는 멋진 모험가 대접을 받았지.

어떤 아이들은 해림이를 따라 일부러 짝짝이 양말을 신었어. 그중엔 해림이를 놀리던 아이들도 있었어. 신다 보니 아이들은 짝짝이 양말이 나쁘지 않다는 걸 알게 됐어. 자기가 좋아하는 무늬의 양말을 두 개나 신을 수 있으니까.

사실은 말이야, 그 뒤에 칠판에 이름 구멍을 만든 아이가 한 명

더 있었어. 아이들이 모두 가고 없는 빈 교실에서 반장은 아주 작
게 자기 이름을 적었지. 그리고 동그라미를 쳐 보았어. 구멍이 작
아서 들어갈 순 없었지만, 눈으로 엿볼 순 있었지. 반장은 작은 구
멍에 눈을 맞추곤 한참을 들여다봤어.

마음이 공간을 스치며 남긴
그림자들의 일렁임

　어린 시절 나는 유리병 안에 든 음료와 이야기를 나눈 적이 있다. 병따개로 따야 마실 수 있는 탄산음료는 뚜껑을 힘주어 닫아도 틈이 생겼다. 그런데 하루는 그 틈에서 알아들을 수 없는 소리가 났다. 가만히 들어 보니 무어라고 말을 하는 것 같았다. 그 소리를 그대로 옮기면 '카크푸투라스스크크' 정도일 것이다. 나는 동생을 데려와서 유리병 속 음료가 우리에게 말을 하고 있다고 알려 주었고, 우리는 병과 병뚜껑 사이에 귀를 대고 음료가 하는 말에 귀를 기울였다. 그리고 마침내 우리는 그 말을 해독했다. 자신을 마시면 키가 줄어드니 우리더러 그만 마시라는 말이었다. 우리는 유리병에서 그 말들이 잦아들 때까지 그 음료를 마시지 않았고 나는 그날 일기장에 이 내용을 적었다. (그 일기장을 아직 가지고 있다.) 나는 자라서 그 말이 이산화탄소가 좁은 틈을 빠져

나가며 내는 소리라는 걸 알게 됐지만 실망하지 않았다. 잠깐이라 해도 유리병 속 음료와 이야기를 나눴으니까. 그리고 한동안 나는 내가 해독하려 한다면 언제든 모든 사물의 소리를 들을 수 있다고 믿는 어린 시절을 보낼 수 있었으니까 말이다.

어린이는 단단하게 굳은 땅을 뚫고 올라온 생명의 힘을 자신의 몸과 마음에 담고 있는 존재다. 그래서 뻔한 일상에서도 뜻밖의 사건들을 만들어 낼 수 있다.

『6교시에 너를 기다려』에는 어린이들이 마음으로 겪은 새로운 공간들이 펼쳐진다.

이 여섯 편의 이야기 속 아이들은 몸과 마음으로 뱉어 낸 이야기들로, 자신이 서 있는 시공간을 자신이 원하는 몸과 마음의 공간으로 확장하고 그 위에서 새로운 날을 맞는다.

「커튼 뒤편에서」는 해방과 놀이를 꿈꾸는 채린이의 바람이 커튼의 날개를 펴 주는 것은 물론 잠자리를 날아오르게 하고, 「교문 사이에서」는 너무 작아서 아무도 눈여겨보지 않았던 지후의 마음이 큰 나무로 터져 나와 모두를 막아서 멈추게 함으로써 서로를 돌아보게 하고, 「복도 아래에서」는 고요한 관심과 보살핌을 원하는 혜지가 자신에게 맞는 소리를 찾다 아무도 귀 기울이지 않는 깊은 곳의 소리를 헤아림으로 복도 속에 웅크리고 있던 거대 지렁이가 복도를 뚫고 나오게 하여 함께 운동장으로까지 나아간다. 「서랍 안에서」는 보다 친밀한 관계를 원하는 지유가 친구들을 서랍 속에 넣었다가 잃음으로써 관계가 역동하는 공간의 폭을 넓게 보게 된다. 이를 통해 지유는 친밀한 관계에 대한 왜곡된 시선에서 벗어나 마음의 농도와 태도를 조율하게 된다. 「운동장의 끝에서」에서는 자신의 목소리만 주장하며 뿔을 내세워 달려들던 아이들의 서툰 다툼은 어설픈 화해가 아닌 있는 그대로를 수용하고 서로의 거리를 가늠하는 것으로 놀이의 가능성 앞에 도착한다. 「칠판 너머에서」는 제발 무슨 일이라도 일어나기를 바라는 심심한 아이들의 마음이 칠판 속 동그라미를 만들어 낸다. 아이들은 이 사건을 통해 각자의 마음의 빈 공간을 들여다본다.

이 여섯 편의 이야기를 통해 아이들은 배경만으로 존재해 온 학교라는 공간, 연결고리 없이 부유하던 공간과 관계를 재구성한다. 이 이야기들은 현실에서 판타지 세계로 통하는 관문을 명확히 구별하지 않음으로써 현실과 바로 맞닿은 판타지를 경험하게 한다. 어린이 독자는 망설임 없이 뜻밖의 사건과 만나며 지금 자신의 삶을 받치고 있는 공간과 사물과 관계를 자신의 눈으로 둘러보게 될 것이다. 마치 방금 잠에 빠져들었을 때 잔상으로 남아 있는 현실과 방금 잠에서 깨었을 때 잔상으로 남아 있는 꿈의 흔적처럼 어린이의 무의식과 현실에 느슨한 고리를 만들어 주어, 아이들로 하여금 잊어 가고 있던 상상의 공간을 자연스럽게 확장하게 해 줄 이야기들이다.

　모험의 요소라고는 찾아보기 어려운 오늘날 어린이의 삶, 모든 것이 가만히 멈춘 채 흘러가는 시간 속에서 어린이는 얼마큼 상상하고 모험할 수 있을까? 아주 조그만 구멍이라도 좋다. 「칠판 너머에서」 속 반장이 그려 넣었던 아주 작은 구멍만 해도 좋다. 어린이는 그 작은 구멍을 통해서도 새로운 세계를, 가장 보고 싶은 세계를 볼 수 있다.

　세상은 너무 오색찬란한 것들로 어린이의 눈을 가리고 있다. 어린이들에게 모든 것이 주어지지 않아서 가만히 귀를 기울이고 멍하니 마음을 바라보는 시간이 더 많아지면 좋겠다. 삶에 어른거리는 열망의 흔적, 밖으로 꺼내 놓지 않은 말의 여운, 자신도 알지 못했던 보폭의 가능성들을 발견할 수 있도록 말이다.

　이 책을 읽은 어린이는 마음이 공간을 스치며 남긴 그림자들의 일렁임을 느낄 수 있을 것이다.

송미경(동화작가)

6교시에 너를 기다려

ⓒ 2024 글 성욱현 · 그림 모루토리

초판인쇄 2024년 11월 4일 | 초판발행 2024년 11월 12일

글쓴이 성욱현 | 그린이 모루토리

책임편집 원선화 | 편집 정현경 이복희 | 디자인 이은하

마케팅 정민호 서지화 한민아 이민경 왕지경 정경주 김수인 김혜원 김하연 김예진

브랜딩 함유지 함근아 고보미 박민재 김희숙 박다솔 조다현 정승민 배진성

저작권 박지영 형소진 최은진 오서영 | 제작 강신은 김동욱 이순호 | 제작처 한영문화사

펴낸곳 (주)문학동네 | 펴낸이 김소영 | 출판등록 1993년 10월 22일 제2003-000045호

주소 10881 경기도 파주시 회동길 210 | 전자우편 kids@munhak.com

홈페이지 www.munhak.com | 카페 cafe.naver.com/mhdn

북클럽 bookclubmunhak.com | 트위터 @kidsmunhak | 인스타그램 @kidsmunhak

대표전화 (031)955-8888 | 팩스 (031)955-8855

문의전화 (031)955-3576(마케팅) (02)3144-3243(편집)

ISBN 979-11-416-0799-9 73810

이 책은 2022년 대산문화재단 대산창작기금을 받아 출판되었습니다.

잘못된 책은 구입하신 서점에서 교환해 드립니다. 기타 교환 문의: (031)955-2661, 3580

어린이제품 안전특별법에 의한 기타표시사항 제품명 도서 | 제조자명 (주)문학동네 | 제조국명 한국 | 사용연령 11세 이상